LA

CALIFORNIE.

LA

CALIFORNIE

ÉPISODE DU XIXe SIÈCLE

PAR

Marius MISTRAL

Maître de pension secondaire.

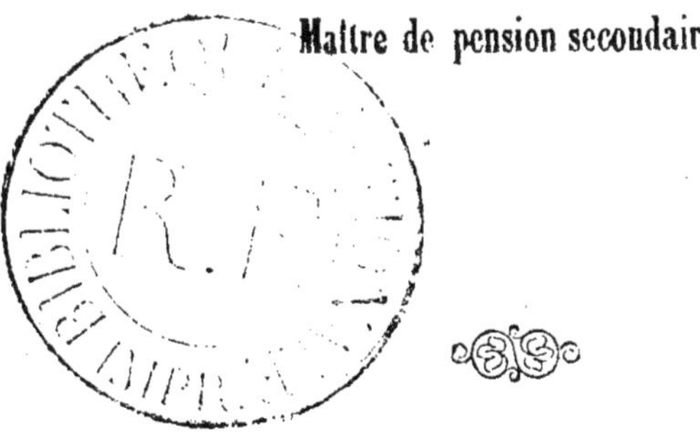

AVIGNON

Typographie de T. Fischer aîné, rue des Ortolans, 4

1852.

PROSPECTUS.

En dehors de la préface destinée à ses lecteurs, M. Mistral désire parler au public, son juge naturel.

Notre livre est un ROMAN EN LETTRES, tout-à-fait étranger à la politique. Il est dédié à M. le marquis de Valori. Selon notre épigraphe, la mère en permettra la lecture à sa fille.

Or la forme épistolaire a trois avantages :

1° Elle apprend aux personnes des deux sexes la manière de faire les lettres conformément aux usages de la bonne société ;

2° Elle présente plus de variété, plus de fleurs, plus de halte dans la marche ;

3° Enfin elle permet aux acteurs de jouer directement leurs rôles comme sur la scène : ce qui augmente, dans l'action, l'intérêt et le mouvement.

De là il résulte que nous avons pris le genre qui convient le mieux à cette sorte d'ouvrage. Au fait, c'est la pratique de plusieurs écrivains célèbres, qui certes ont le tact des convenances, le talent de coudre ce qui est décousu, et de réduire la correspondance dans ses véritables limites. Puis, faut-il bien emprunter le style des personnes de tout âge, seconder leurs mœurs et leurs inclinations. Par exemple, peindre la fille ingénue, et vous disant de ces naïvetés qui ne partent que de l'abondance d'un cœur bien né ; la fille élevée à l'école du malheur ; la femme-poète avec ses entrailles de mère ; le héros accompli ; l'ami dévoué, l'oncle expérimenté, le vieillard vénérable avec ses affections paternelles ; le savant érudit : partout la vertu que la Providence a tout-à-coup délivrée des embûches du vice ; partout l'instruction et des caractères ayant chacun un type particulier. Aussi l'un vous parle latin, et l'autre, *syriaque*. Nous n'avons pas, pour cela, oublié les masses, mais nous avons voulu que tout le monde éprouvât sa part de plaisir.

Mon Dieu! Dans notre siècle, il s'imprime tant de frivolités, tant d'horreurs sacriléges! N'y aura-t-il pas place au soleil pour un tout petit livre qui au moins s'est inspiré au foyer de l'évangile; car la morale, c'est le mépris des richesses, et le triomphe des principes qui protégent la société.

M. Mistral profite de cette occasion pour remercier ses nombreux souscripteurs, parmi lesquels sont des noms, on ne peut plus honorables et plus encourageants pour la science. Nous rendons grâce de même à tous ceux qui demanderont nos exemplaires, à mesure qu'ils en auront connaissance; car nous pûmes à peine disposer de deux jours, dans l'après-midi, pour livrer nos listes à la circulation, dans deux localités différentes.

En tête de chaque lettre, il y a un titre qui oriente le lecteur.

Quant à nos personnages, outre les noms de ceux qui figurent officiellement, il y en a d'autres qui attirent l'attention, savoir : une tante, un gentilhomme, officier de Navarin, un poète-troubadour, etc.

Bref ! nous avons l'immense désir de contenter le public.

Messieurs, j'ai, pour vous plaire,
Consacré mon repos, mon temps et mon savoir :
Or c'est à vous de voir
Si j'ai mérité, pour salaire,
Cette palme d'amour, si douce à recevoir.

A Monsieur le marquis de VALORI.

Monsieur le Marquis,

Permettez-vous à un écrivain qui débute, de vous dédier cette bluette ? C'est un simple hommage rendu au talent ; car, pendant que je suis ignoré dans le monde littéraire, la renommée a publié les œuvres de votre génie.

Il y a vingt-six ans, vous aviez la bonté, MONSIEUR LE MARQUIS, de me communiquer vos pièces de poésie. Depuis lors, nous n'habitions plus la même cité ; mais la lecture de ce roman vous prouvera que mes souvenirs sont fidèles. Cependant je serais heureux qu'un favori des lettres daignât sourire à mes prémices. Il me semble que j'en témoignerais ma reconnaissance par une plus grande application à mériter ses suffrages.

J'ai l'honneur d'être,

MONSIEUR LE MARQUIS,

Votre très-humble et très-obéissant serviteur,

MISTRAL.

Au pied du Château gothique, 24 juin 1852.

PRÉFACE.

> Un roman n'est bon, qu'autant que depuis le père jusqu'à la fille; depuis la dame jusqu'à la servante, tout le monde peut le lire.
>
> Pensée Chrétienne.

Les romans, tels qu'on les fait, sont funestes : ils égarent l'esprit, et pervertissent le cœur ; ils plongent l'âme dans un abîme de maux. Est-ce la faute de ce genre de composition ? Non, c'est la faute uniquement de ceux qui le traitent. Ceux-ci feraient, s'ils le voulaient, un bien infini ; ils honoreraient leur talent, en préconisant la vertu. Il est clair que c'est une allusion à nos grands romanciers qui osent abuser des trésors de leur intelligence.

L'opuscule que nous offrons au public n'est due qu'à une cause fortuite.

Afin d'initier nos élèves au style épistolaire, souvent, en guise de leçon d'orthographe, nous leur dictions une lettre. Un jour je leur dis : *Indiquez-moi le sujet?* Et l'un d'eux de répondre vaguement: *soit la Californie.* A l'instant je procédai par la première épître, à laquelle il est reconnu que rien n'a été changé dans la suite, car l'idée me vint après de faire un roman. Sans doute c'est peu de chose, mais nous nous rendons le témoignage d'avoir écrit conformément à la morale.

LA

CALIFORNIE

ÉPISODE DU XIXe SIÈCLE.

LOUIS A CHARLES.

-oo-

LETTRE Ire.

Avignon, 8 Avril.

Il y a un mois, mon cher Charles, que tu me plaisantais au sujet de la Californie. Tu me proposais de t'y accompagner, alors que tu ne songeais nullement à entreprendre ce voyage. Eh bien ! tu ne croyais pas qu'aujourd'hui je t'adresserais sérieusement la même proposition. Oui, le sort en est jeté, et ma place est déjà arrêtée sur la *Baleine* pour le 25 du mois prochain.

Sais-tu donc ce qu'il faut faire ? Il faut,

mon ami, te décider à venir. Rien ne t'empêche, ni ta femme, ni tes enfants, puisque tu n'en as pas. Tu es libre comme l'air, et il ne dépend que de toi de te procurer un agrément que tant d'autres envient. Tu ne doutes pas que je me plairai vivement à faire un si long trajet en compagnie d'un ami comme toi ; toi aussi, tu ne t'ennuieras pas, j'espère. J'ai fait provision d'une foule d'excellents cigares. Ils sont à ta disposition, ainsi que quelques bouteilles de liqueur, dont je me suis muni. Tout cela coûtera à l'octroi, mais qu'importe ? Nous nous dédommagerons en Californie, alors que nous mettrons la main sur ces lingots d'or que l'on va chercher de toutes les parties du monde.

Allons ! camarade, je compte sur toi, et, le 25 du mois de mai, à 5 heures du matin, nous nous embarquerons ensemble sur la Méditerranée, à la garde de Dieu, le cigare à la bouche et le verre à la main.

Adieu, je suis pour toujours,

Ton ami, Louis.

CHARLES A LOUIS.

-∞-

LETTRE IIme.

Montpellier, 12 Avril.

MON CHER AMI,

Tu es étonnant, ma parole ! Quand je te plaisantais au sujet de la Californie, c'est que je pensais sincèrement qu'il ne te viendrait jamais dans l'idée d'entreprendre ce voyage. Aussi je suis tellement ton ami, que, quoique tu aies déjà retenu ta place, je voudrais te détourner d'un pareil projet ; car enfin je préfère ta vie aux écus. Du reste, il y aurait un moyen : ce serait de céder ta place à un autre, car par le temps qui court, il ne manque pas de fous qui s'en vont à la recherche de la fortune.

Louis, veux-tu que je te dise toute la

vérité ? j'avais appris déjà que tu as conçu ce dessein, et qu'en effet tu te proposes de partir le 25 du mois prochain. Mais je sais aussi que ton père en est au désespoir ; que ta mère en mourra de chagrin, malheureux parents que tu abandonnes, alors qu'ils ont un si grand besoin de jouir de ta présence !

De bonne foi, que vas-tu faire en Californie ? Eh mon Dieu ! tu seras bien assez riche. Puis, qui t'a dit que tu mettras jamais la main sur ces lingots d'or ? Pense, pense au nombre infini de personnes de tout rang, de tout sexe et de tout climat qui se sont déjà embarquées pour ces plages lointaines. Crois-tu que tout le monde aura sa part de ces mines que l'on dit inépuisables ? Réfléchis bien, mon ami. Moi qui suis depuis longtemps au courant de pareilles nouvelles — car je prends plaisir à m'en moquer — je t'assure que le nombre en est grand de ceux qui n'abordent pas sur ces côtes, parce qu'il règne, dans un certain rayon, des maladies pestilentielles qui en font périr les trois quarts avant l'heure.

Ainsi tu comprends que je n'ai point envie de t'y accompagner. Si tu ne pars pas, eu égard à ce que je t'ai dit, je te félicite, et tu me remercieras un jour ; si tu pars, adieu, mon ami, adieu, car j'ai peur de ne jamais plus te revoir. Cependant je te souhaite toutes sortes de prospérités, étant aussi à jamais

Ton très-affectueux

CHARLES.

M. FERDINAND, PÈRE DE LOUIS, A CHARLES.

-∞-

LETTRE IIIme.

Avignon, 14 Avril.

MON CHER MONSIEUR,

Je ne sais comment vous exprimer ma reconnaissance pour la bonté que vous avez eue d'écrire à mon fils, et de le détourner de son projet. Votre lettre m'est tombée entre les mains: j'ai lu, en versant un torrent de larmes, la phrase surtout où vous lui parlez de son père et de sa mère. Oui, Monsieur, ce départ sera notre tombeau! Pour ma part, âgé de 80 ans, je ne pourrai survivre à l'idée de me séparer d'un fils que j'aime plus que moi-même. Madame Ferdinand et moi, nous ne faisons donc que pleurer. Nous nous sommes, pour ainsi dire, jetés à ses pieds, et rien n'a pu toucher ce cœur de marbre. Quel démon a pu lui inspirer si subitement l'amour des richesses !

Ah! Monsieur, comme nous vous serions reconnaissants, si vous acheviez l'œuvre que vous avez heureusement commencée ! Car je sais que votre épître a fait de l'impression sur son esprit et sur son cœur. Mon fils vous aime, parce que vous êtes son compagnon d'enfance, et que vous lui avez toujours donné de bons conseils. Il devrait bien aussi aimer ses parents, mais les parents sont les derniers écoutés. Dites, mon excellent Monsieur, me permettez-vous de vous prier de venir passer quelques jours chez nous, afin que vous essayiez de vive voix de lui faire entendre raison. Si vous y parvenez, je vous devrai la vie, car, encore une fois, je meurs bien certainement, si mon fils nous abandonne.

Adieu, Monsieur, je vous serre la main.

FERDINAND.

CHARLES AU PÈRE DE LOUIS.

LETTRE IVme.

Montpellier, 15 Avril.

Monsieur,

M. votre fils n'aurait point d'âme, s'il ne se laissait toucher aux accents d'une douleur si vive ; mais j'ai une meilleure opinion de lui, et je ne doute point que nous viendrons à bout de le détourner de son dessein. Ainsi, ne vous inquiétez pas trop, respectable vieillard. Vous m'engagez à vous aller voir : oui, j'irai, et je ferai tous les efforts imaginables, conjointement avec ses parents, à l'effet de triompher de son opiniâtreté. Dès demain, je partirai pour Marseille, et, dans quelques jours, vous apprendrez le résultat de mon voyage.

J'ai l'honneur d'être,

Monsieur,

Votre très-humble
et très-obéissant serviteur.

CHARLES.

M. PROSPER, ONCLE DE LOUIS, A SON NEVEU.

-∞-

LETTRE Vme.

(Remettre en mains propres.)

Marseille, 19 Avril.

Je suis profondément affligé, mon cher Louis, parce que j'ai appris qu'en dépit des larmes et du désespoir de ton père et de ta mère, tu veux partir pour la Californie.

Malheureux jeune homme, sont-ce là les sentiments que l'on t'a inspirés avec tant de zèle et de persévérance ! Non, le bon Dieu ne bénira jamais un voyage entrepris sous de pareils auspices. Eh bien ! puisque personne n'a pu triompher de ton entêtement, il faut que je le tente à mon tour ; il faut que je te demande compte de la vie de mon frère, pauvre vieillard octogénaire que ta séparation va conduire au tombeau. Il s'agit de savoir si tu voudras aussi me désobéir, à moi qui suis ton oncle, à moi qui t'ai élevé avec tant d'amour dans ma maison jusqu'à ce que tu aies terminé tes études. Quoi ! tu n'étais donc qu'un serpent qui devait nous donner la mort !!!

Je ne perds pas le temps à te dire que tu es un fou, en courant après des richesses que jamais tu ne parviendras à atteindre. Quelle cupidité ! La fortune d'ailleurs te manquera-t-elle ? Mais non, ce n'est pas là ce qui doit nous occuper. Ecoute, Louis, tu as un ami dont tu n'es pas digne. Au moment où il racontait, en pleurant, les angoisses qu'éprouvent tes parents par l'effet de ton funeste projet ; la fin tragique à laquelle tu vas les exposer, sans-doute sans le savoir, sans le vouloir — car il n'a cessé de s'extasier en parlant de tes qualités — au moment, dis-je, où il me faisait un tableau déchirant de l'état douloureux de ton père et de ta mère, nous avons entendu dans la pièce voisine un bruit lugubre : c'étaient des soupirs, des gémissements, des sanglots. Nous nous sommes précipités, et nous avons vu étendue sur le carreau, devine qui ? TA SOEUR, ah ! malheureux !

Nous avons cherché à la faire revenir de son évanouissement. Elle a ouvert un instant les yeux : *Papa , Maman . . . . mon frère*, s'est-elle écriée d'un air égaré. Tous nos efforts étant infructueux, on est parti pour aller chercher les médecins. Ceux-ci lui ont prodigué toutes sortes de soins. Ils étaient consternés : *Docteur*, ai-je demandé à l'un de mes meilleurs amis, *qu'est-ce-que vous en pensez* ? Il n'a pas répondu. Je l'ai demandé successivement aux deux autres : un seul a laissé tomber ces paroles : *Elle est perdue*. Eh bien ! qu'en dis-tu ? as-tu le projet d'être l'assassin de toute ta famille ?

J'attends ta réponse que tu ne me feras qu'après avoir bien réfléchi peut-être sur le cercueil de Béatrix. Si la somme énorme que tu as donnée au capitaine de vaisseau t'inquiétait, je te rendrais, s'il le faut, ton argent. Ne dis pas à ton père, ni à ta mère ce que je t'ai annoncé au sujet de ta sœur :

ils en auraient trop de chagrin ; et, s'ils venaient eux-mêmes pour voir leur fille, les médécins m'ont dit qu'une telle impression serait du-plus grand danger pour la malade. Attends donc que je leur écrive. Mon Dieu, préservez-nous de toute catastrophe !

Adieu, mon toujours bien cher neveu, je ne t'embrasse plus jusqu'au jour où j'aurai à te féciliter de ta détermination.

Ton oncle, PROSPER.

CHARLES A LOUIS.

-oo-

LETTRE VIme.

(*Remettre en mains propres.*)

Marseille, 21 Avril.

Mon cher Louis, je suis bien malheureux ! Il y a plus d'un mois, je te parlais, en plaisantant, de la Californie, et voilà que tu as pris la fatale détermination de t'embarquer pour une presqu'île de l'Amérique septentrionale. Depuis lors, la désolation règne dans toute ta famille, et c'est moi peut-être qui en suis la cause. Bien plus, afin de guérir le mal que j'ai fait sans le vouloir, je suis venu, à la prière de ton vénérable père qui se meurt de tristesse, tenter tout mon possible pour te faire renoncer à ton projet. Pendant que je raconte à ton oncle ce qui se passe, hélas ! ta sœur, de la présence de qui je ne me doutais nullement, entend ma voix plaintive, frémit à la pensée des malheurs qui peuvent résulter, et tombe, victime de l'amour de ses parents et de son frère. C'est donc moi qui ai plongé innocemment le poignard dans tous les cœurs ! En conséquence, je te prie de me pardonner, si, sans ton aveu, j'ai entrepris de traverser le dessein que tu as formé. J'ai l'intime conviction de n'avoir agi que pour le bien. Qui doute de mon affection pour toi !

Ta pauvre sœur est toujours dans un état désespéré. La Faculté a été d'avis de lui faire administrer les sacrements, mais il est vrai de dire qu'à peine la malade est sortie du délire dans lequel elle se trouvait plongée depuis deux jours, elle a demandé elle-même les secours de la Religion ; elle les a reçus avec une piété et une ferveur exemplaires. Une foule de jeunes filles, vêtues de blanc, accompagnaient le Viatique ; elles pleuraient amèrement, à l'idée d'une terrible séparation. En effet, mon ami, ce serait une grande perte. Ta sœur, vois-tu, est un ange revêtu des dépouilles de l'humanité. Quelle douceur, quelle modestie, quels traits gracieux! Je ne l'ai vue que dans sa maladie; je m'imagine que ses souffrances font rejaillir un éclat de plus sur sa beauté. Mon Dieu, prenez ma vie, et épargnez celle de cette innocente créature! Est-il besoin de te parler de ce qu'elle m'a dit pour t'engager à ne pas désobéir (c'est son style) à ton père et à ta mère? « *Noble bienfaiteur de ma famille*, a-t-elle ajouté en me regardant, » *continuez l'œuvre que vous avez commencée : elle reussira, parce que le bon Dieu* » *aura pitié de mes parents ; et que mon frère* » *si tendre et si soumis ne voudra pas les* » *tuer sans doute.* »

Ce sont les paroles d'une mourante. Il ne m'appartient point de les affaiblir; seulement je te dirai que si, d'ici au 30 *du courant, jour de jeudi, à midi juste*, nous apprenons la nouvelle que tu as renoncé à partir pour la Californie, il s'est trouvé un Monsieur qui prendra ta place. Par conséquent, il n'en coûterait rien ni à ton oncle, ni à toi : tu m'enverras ta procuration.

Adieu, mon cher Louis, je t'embrasse sur l'autel des holocaustes, et je suis à la vie, à la mort

Tout à toi, CHARLES.

Post-scriptum. Au moment où j'allais plier ma lettre, ton oncle vient m'annoncer que les médecins conçoivent enfin une lueur d'espérance.

HECTOR A LOUIS.

LETTRE VIIme.

Cette, 22 Avril.

Mon cher ami,

J'ai à t'annoncer une nouvelle qui te remplira de tristesse, et pourtant je suis tenté de t'en féliciter. C'est parce que, vois-tu, je t'aime véritablement, et que je fais passer avant tout les intérêts de ta gloire. Le jeune homme qui t'avait si vivement pressé de faire ensemble le voyage de Californie, qui t'avait gagné malgré tant de puissantes considérations; celui qui, comme toi, lors du passage du capitaine, avait ici retenu sa place sur la *Baleine* pour le 25 du mois prochain, Auguste enfin vient de mourir d'une manière tragique.

Hier, à la suite de certaines libations, il faisait dans un café toutes sortes d'incartades. Il se trouva là un personnage sérieux, lieutenant de cavalerie : *Monsieur*, lui dit-il avec gravité, *modérez-vous, car c'est à moi que vous avez affaire.* Auguste répliqua par un soufflet : *Je vous rends la monnaie de votre pièce*, lui dit froidement le militaire : *nous voilà quittes ; mais maintenant, si vous êtes un homme d'honneur, vous le prouverez.* Le soir même, l'officier lui adresse un billet ainsi conçu : « *Demain matin, à 7 heures très-précises, à tel endroit sur le bord de la mer.*

J'ai l'honneur de vous saluer.

N***, Lieutenant. »

Le duel est accepté, les témoins sont choisis. On convient de se battre au pistolet. Le sort favorise ton ami : il tire le premier, mais il manque. L'autre, placé à une distance de 25 mètres, le frappe à l'endroit de la poitrine. Le malheureux a survécu trois heures à sa blessure, en proie à des douleurs atroces. Il est décidé qu'on l'enterrera ce soir.

Te voilà donc privé, mon ami, de ton compagnon de voyage ; mais, de bonne foi, je crois qu'une pareille société n'était propre qu'à te porter malheur. Si j'étais toi, je ferais ce que je t'ai dit, je n'abandonnerais pas le certain pour l'incertain ; toujours est-il que je demeurerais auprès de ton vénérable père comme son bâton de vieillesse. Les gens de bien maudissent le duel, plaignent l'individu, mais ils ne le regrettent pas. Combien de fois ne t'ai-je pas entendu citer ces vers d'un poète de nos jours :

« Placer ainsi l'honneur à la pointe du glaive,
C'est en faire un jeu de hasard. »

Adieu, je suis avec une franchise sans bornes,

Ton ami, Hector.

M. PROSPER À SON FRÈRE, PÈRE DE LOUIS.

LETTRE VIIIme.

Marseille, 25 Avril.

MON CHER FRÈRE,

Tout va bien ! sans doute tu ignores ce qui se passe ici depuis quelques jours. J'ai bien écrit à Louis, mais je lui ai recommandé de garder le silence à l'égard de sa sœur. En effet je craignais de te contrister. Eh bien ! Béatrix a été très-dangereusement malade. Elle n'est sauvée que par un effet de la protection divine. Ayant entendu le récit de M. Charles d'une salle où elle s'occupait à la broderie, dans la prévision des malheurs qui résulteraient immanquablement d'une terrible séparation — Charles avait en ce moment une éloquence sublime — elle tomba en syncope. Depuis lors, elle a été livrée en proie à une maladie que les médecins les plus habiles ont jugée mortelle. A peine sortie d'un affreux délire, elle a demandé à recevoir les sacrements de l'église. Bref ! non-seulement elle est hors de danger, mais elle est entrée aujourd'hui en convalescence. Or elle a été constamment d'une parfaite résignation : *Mon Dieu*, s'écriait-elle, *que je suis heureuse de mourir, si, a ce prix, vous conservez mon Louis à l'affection de mon père et de ma mère !*

Quant à M. Charles, oh ! c'est une de ces natures d'élite que le ciel ne crée que dans sa miséricorde.

A peine vit-il le mal qu'il avait fait sans le savoir, qu'il se frappa la poitrine. Dès le premier jour, il courut à Notre-Dame-de-la-Garde pour faire dire une messe ; il fit brûler des cierges dans toutes les paroisses de la ville, et, après avoir fait un cadeau considérable à la congrégation des filles, il les pria instamment de commencer des prières. Toutes ces jeunes personnes, vêtues de blanc, accompagnaient le saint Viatique. Elles pleuraient, car elles connaissent bien celle qu'elles appellent leur modèle : *Quoi ! vous pleurez*, disait Béatrix, *quand le Dieu de l'éternité daigne me visiter* ! Elles ont fait une communion générale. Charles, le digne Charles, a communié plusieurs fois dans la même intention.

Les médecins me prirent à part : *Monsieur*, me dirent-ils, *il y a ici bien des serviteurs, des servantes ; mais des soins mercenaires ne conviennent point à une telle malade. Du reste, il lui faut une personne qui lui tienne compagnie dans ses heureux moments : une amie plutôt qu'une mère, pour que le cœur en soit moins affecté. La mère*, nous l'avons dit, *ne doit pas paraître*. Je communiquai cela à M. Charles : *Tranquillisez-vous*, me répondit-il. *Je sais une personne qui remplira à souhait ce rôle délicat. Je m'en vais la chercher. Il est près de 7 heures, je serai de retour encore ce soir.* A l'instant, il va prendre le convoi du chemin de fer, se rend à Montpellier, et nous amène sa sœur.

Sa sœur ! ô belle et noble créature faite

véritablement à l'image de Dieu ! Clotilde est son nom. Avec quel dévouement et quelle charité ; avec quelle compréhension et quelle vigilance ; avec combien de tact et de délicatesse ne s'est-elle pas acquittée de ses pénibles fonctions ! Béatrix l'adore, et je le conçois. Non jamais nous ne pourrons rendre à Charles tout le bien qu'il nous a fait.

Est-il bon ! il savait que dans le cas où Louis se désisterait, je lui rendrais la somme que celui-ci a déboursée pour son voyage. N'importe. Il alla, sans me le dire, se promener des heures entières sous les fenêtres du capitaine de vaisseau. Précisément il vit venir un monsieur parlant Californie : *Monsieur*, lui demanda-t-il, *désirerait-il une place pour l'Amérique ?* Et sur sa réponse : *Eh bien ! ayez la bonté, je vous prie, d'attendre quelques jours. Un de mes amis intimes qui doit faire le trajet, changera probablement d'avis.* Il déclina alors ses noms et ses qualités, et il fut convenu que l'on attendrait jusqu'au 30 du courant, comme le sait Louis.

Je ne tarirais pas, si je voulais aller

au bout. Des personnes de tout rang, de tout âge et de tout sexe se sont empressées de venir demander des nouvelles de Béatrix. Que Louis sera heureux, quand tu lui apprendras sa guérison ! Nous attendons sa détermination qui ne peut être que favorable. Présente mes salutations respectueuses à ma belle-sœur. Je t'embrasse avec la plus tendre affection.

Ton frère, PROSPER.

Post-scriptum. Il y a ci-incluse une lettre de Mlle Béatrix.

Mlle BÉATRIX, SOEUR DE LOUIS, A SES PARENTS.

LETTRE IXme.

MON CHER PAPA, MA CHÈRE MAMAN,

Vous avez éprouvé bien du chagrin, n'est-ce pas, à cause de moi? Que voulez-vous? Il faut que le bon Dieu nous éprouve dans cette vallée de larmes. Je suis si coupable à ses yeux! Maintenant je vais bien, et j'ai pu toucher mon piano. On dit que l'air était tendre : je le crois, c'était la jolie romance, composée par Louis, sur la piété filiale.

Le bon oncle que nous avons tous les deux! Mais, à propos de Louis, est-il vrai qu'il ne veut plus obéir à papa et à maman? Impossible! et je crois que j'étais folle de faire une maladie pour cela. Allez! soyez tranquille, vous verrez qu'il nous donnera toutes sortes de consolation. N'est-ce pas lui qui m'a toujours donné, après vous, de si bons conseils ? Il pratique si bien la Religion ! Pourrait-il l'abandonner, sans renoncer à son bonheur, à la plus grande jouissance que nous éprouvions sur la terre. Embrassez-le pour moi, s'il vous plaît , sur le front , sur la main. Montrez-lui ma lettre, elle lui fera plaisir. Je lui écrirais bien aussi, mais on dit que cela me fatiguerait. En vérité, je suis encore très-faible ; ce qui ne m'empêchera pas de vous dire un mot de Mlle Clotilde.

Elle réunit toutes les qualités : la beauté, l'esprit, l'instruction, la délicatesse de sentiment, les manières, et surtout la plus pure vertu. Comme je lui suis reconnaissante de tout le bien qu'elle m'a fait ! Dès que je le pourrai, j'essayerai de faire quelque chose pour elle, pour elle et pour son digne frère. Oh ! oui, c'est un jeune homme estimable, tout-à-fait charmant ; il est là, toujours là dans mon cœur. Je l'aime comme mon frère. C'est une figure fine, délicieuse, céleste comme celle de l'archange suspendu sur mon prie-Dieu. Ce n'est pas mal ce que je dis, n'est-ce pas, mon papa, ma maman ? Je vous adore tous les deux. Je dépose un baiser sur vos lèvres, et vous prie de recevoir l'expression de tous les sentiments de votre fille chérie.

Béatrix.

LE PERE DE LOUIS A SON FRÈRE.

LETTRE Xme.

(*Recommandée à l'obligeance de M. le marquis de F***)

Avignon, 27 Avril.

Je crois, mon cher frère, que tu as été inspiré, en recommandant à Louis de ne point m'informer de l'état de ma fille. Si je l'avais sue en proie à une telle maladie, sans doute je n'y aurais pas résisté. Enfin elle est guérie, et j'en bénis la Providence. Je remercie, au delà de toute expression, toi d'abord, puis toutes les personnes qui nous ont montré tant d'intérêt, tant de dévouement. Je n'ai pas l'honneur de connaître Mlle Clotilde; mais, si elle ressemble à son frère, assurément c'est un autre type de perfection. Je brûle du désir de faire sa connaissance, de contempler les traits de l'ange tutélaire de ma chère Béatrix. Quant à M. Charles, jamais on n'en dira tout le bien que j'en pense. Aussi je me sacrifierais pour lui, comme il s'est immolé à mon bonheur. Sois l'interprète de mes sentiments auprès de l'un et de l'autre.

Tu attends, n'est-ce pas, que je te parle de Louis, dont le silence peut-être commence à t'inquiéter. Tranquillise-toi : je crois qu'il mûrit son projet, eu égard à la recommandation que tu lui as faite. D'ailleurs fallait-il bien laisser passer l'ouragan de la maladie.

Hier à table, nous parlions de Béatrix. Des larmes coulèrent de ses yeux : *Quel dommage*, dit-il, *que nous eussions perdu cet ange de la terre ! Tu l'aimes donc bien*, lui demanda sa maman ? — *Je vous aime tous, et Dieu m'est témoin que, pour tout l'or du monde, je ne voudrais pas vous causer le moindre chagrin. — Mais alors pourquoi. . . . . — Ah ! de grâce, ma mère. . . . . je dois écrire à mon oncle mercredi, afin que ma lettre lui arrive au moins le* 30

DU COURANT, JOUR DE JEUDI, A MIDI JUSTE. — *Nous pouvons donc concevoir quelque espoir ?* Il soupire. . . . puis, il prononce ces solennelles paroles : ATTENDEZ, ET VOUS SAUREZ, ET VOUS ADMIREREZ. Ainsi il est bien clair que sa réponse sera favorable. Moi, je ne l'interroge plus, parce qu'il me semble que quelque chose de mystérieux, de profond sortira de là.

Avant-hier aussi, il me disait en parlant de M. Charles et de toi : *L'excellent oncle et l'incomparable ami ! Dire que je les afflige, moi qui les adore !* Il a pour moi, en particulier, une attention, une prévenance sans bornes. N'était ce que tu sais, je ne me souviens pas de l'avoir pris jamais en flagrant délit de désobéissance. Depuis quelques jours, sa mère et moi nous l'avions entendu pleurer dans sa chambre. Il ne mangeait plus, il ne dormait plus : il prononça une fois le nom de l'aimable Béatrix. Je le comprends aujourd'hui, il la savait agonisante. Cependant j'attribue bien des choses à la révolution qui s'opère dans son sein.

Également il ne sortait plus, ou bien il

sortait en compagnie de sa mère et de moi ; mais, dès que quelqu'un sonnait à la porte, il accourait, contre son habitude, en précédant le portier. A son retour de la promenade, il avait hâte d'interroger secrètement les domestiques. Voici ce qu'il m'a dit : *c'était parce que je craignais qu'un ami officieux ne vînt faire une imprudente révélation ; ou qu'une lettre, à cachet noir, n'eût été apportée. Or j'ai pitié, tu le sais, de tes cheveux blancs et de l'amour de ma mère. N'était cette pensée de votre salut, toujours présente à mon esprit, est-ce que j'aurais pu m'empêcher d'aller à Marseille pour voir Béatrix ?*

Enfin, la semaine passée, ses camarades avaient conclu une partie de plaisir. Il s'agissait d'une grande course à cheval. Il vient me trouver : *Papa*, dit-il, *est-ce que je me trompe ? Il me semble que tu m'as proposé de te donner aujourd'hui le bras pour sortir ? Oui, mon enfant*, lui répondis-je. — *Eh bien ! je serai prêt quand tu voudras.* Une heure après, ses amis, inquiets de ne pas le voir arriver, viennent s'enquérir de ses nouvelles. Lui, de s'excuser. Moi cependant, apprenant ce qui se passe, j'engage Louis à renvoyer notre promenade à un autre jour; ses camarades abondent dans mon sens : *Messieurs*, leur dit-il, *voulez-vous que nous sympathisions véritablement? Ne m'empêchez jamais, pour un plaisir, si grand qu'il soit, de remplir le moindre devoir envers mon père.*

Ainsi je suis plein de tranquillité. Il m'a fait part de vos nouvelles, excepté de ce qui regarde la maladie de Béatrix. A demain donc sa propre lettre, sa lettre désirée : elle nous comblera de consolation et de joie. Je te prie de remettre le billet ci-joint à ma fille. Euphrosine me charge de te présenter ses hommages.

Tout à toi de tout cœur.

FERDINAND.

Mme EUPHROSINE, mère de Louis,
a Mlle BÉATRIX, sa fille.

LETTRE XIme.

Ma chère Béatrix,

La voix d'une jeune fille parlant à ses parents, est douce comme la brise qui souffle au fort des rayons de la canicule. La mère alors de dire à son époux : *La chaleur me suffoque, l'aquilon me fatigue : laisse-moi respirer moi-même un air virginal.* Oh ! que j'en ai besoin ! que de choses se sont passées capables de bouleverser le cœur d'une mère ! Mais enfin la saison des roses renaît, l'hirondelle retourne, j'entends les premiers chants du rossignol, et, de quelque côté que j'aille, je ne rencontre plus que la joie : ma fille guérie, mon fils prêt à renier, je l'espère, la parole qui nous tuait.

« Qu'on verse l'hydromel dans ma coupe azurée !
Que des fleurs du lotos (1) mes cheveux soient couverts!
Ma lyre ne craint plus le souffle hyperborée
Du sombre tyran (2) des hivers. »

Mis de V.

Quelles actions de grâces à rendre à Dieu, tout puissant, et à la vierge Marie !!! Remercie bien de ma part et ton oncle, et M. Charles, et Mlle Clotilde ; remercie bien tout le monde. Et toi, ma fille, je te félicite d'être sortie des ombres de la mort. Je te donne ma bénédiction maternelle.

Clotilde ! le doux nom et qu'il se lie désormais aux souvenirs de ma famille !! Il me tarde de presser sur mon cœur l'héroïne de la charité. Cependant je te charge de lui faire agréer le tribut de ma reconnaissance, la petite boite, renfermant des objets en diamant, et où j'ai écrit le nom de Clotilde.

Quant à toi, Béatrix, voici le cadeau de

---

(1) Arbre allégorique de l'oubli.

(2) L'Aquilon.

famille que tu recevras en mémoire de ta guérison.

1° Une bague en émeraude, telle que ma mère me l'a léguée ;

2° Le tableau de Notre-Dame-de-la-Garde, couvrant ma fille de son égide ;

3° Enfin, le portrait en miniature et parfaitement ressemblant de mon cher Louis. Le tableau, tu ne le recevras pas tout de suite, parce que ton père vient de le commander à l'un des premiers peintres de la capitale. Mais tout le reste, M. le marquis de F*** te le remettra immédiatement avec notre lettre.

Adieu, ma fille, je t'embrasse sur le front de la candeur. Toute pensée est pure, quand c'est Dieu qui en est l'auteur.

Ta maman, EUPHROSINE.

Ma fille, ma Béatrix, moi aussi je t'embrasse, te félicite et te bénis à jamais.

Ton papa, FERDINAND.

Bonjour, petit cœur. Que ne puis-je te faire autant de bien que je t'ai fait de mal sans le vouloir !

Ton tendre frère, LOUIS.

Avignon, 27 Avril.

LOUIS A SON ONCLE.

LETTRE XIIme.

Avignon, 29 Avril.

MON TRÈS-CHER ONCLE,

Je suis au comble du désespoir pour le chagrin que je cause autour de moi. Je prends Dieu à témoin que j'aime comme la prunelle de l'œil toutes les personnes qui m'ont témoigné tant d'intérêt. Aujourd'hui j'ai vu, j'ai entendu, j'ai compris, j'ai pesé. Eh bien ! voici ma réponse, parole sainte, irrévocable et que je suis prêt à sceller de mon sang : JE PARTIRAI POUR LA CALIFORNIE.

Votre neveu infiniment dévoué,

LOUIS.

CHARLES A LOUIS.

LETTRE XIIIme.

Marseille, 2 Mai.

Louis, je ne m'arrête point à te peindre l'impression fatale et terrible que ta lettre a produite ici. Ta joie n'en serait que plus grande, car tu as pris plaisir à façonner de tes mains, avant de nous la jeter à la face, l'élément dont se forme la foudre. Sous prétexte d'amitié, hypocrite, tu as couvé, caressé, savouré la vengeance; puis, quand la mesure de tes palinodies a été au comble, ta colère a fait explosion, et, pour la rendre plus éclatante, cruel, tu l'as affichée et tu l'as traduite en gros caractères. Que dis-je? N'as-tu pas osé prendre la Divinité elle même . . . Chut! la Religion nous défend de pousser si loin..

soit ! jouis de ton abominable triomphe ; immole à ta fureur et ton père, et ta mère, et ton oncle, et ta sœur ; immole quiconque t'a élevé un autel dans son cœur. Qu'est-ce que cela comparé aux jouissances de l'avarice ! Tes mains ne se plongeront-elles pas dans les mines de la Californie ! Bois, bois de l'or, puisque tu en es si avide. Mais, pendant que tu nous témoignes ton amitié par tes paroles, moi, je te la prouve par mes actions ; tu veux nous quitter, moi, je veux te suivre, m'attacher à tes pas comme le génie du bien ; bref ! tu as juré notre mort, moi, j'ai juré ta vie. C'est pourquoi je t'annonce que j'ai aussi retenu ma place sur la *Baleine* pour le 25 du courant. Au revoir.

CHARLES.

L'oncle a son frère.

LETTRE XIVme.

Marseille, 3 Mai.

Mon cher frère,

J'ai à peine la force de tenir la plume, cependant il faut que je me résigne à t'annoncer ce qu'il est indispensable que tu saches. En effet, je ne pense pas que Louis ait osé te faire part de la lettre qu'il nous a écrite. Où donc ce jeune homme a-t-il reçu des leçons de perfidie et de cruauté ! Chacun de nous s'attendait à une rétractation complète : mille raisons tendaient à le persuader. Eh bien ! le malheureux persiste dans sa résolution ; il dit que sa parole est sainte, irrévocable et qu'il est prêt à la sceller de son sang ; plus, il écrit en grosses lettres ces mots sacramentels : « *Je partirai pour la Californie.* » Nous sommes tous dans la consternation.

M. Charles a pris un parti désespéré : *Il y a là*, s'est-il écrié, *un mystère profond, il faut que je l'éclaircisse.* Puis, étant sorti, il est rentré, une heure après, en me disant : *Monsieur, cessez vos pleurs, moi aussi, j'ai payé ma place pour la Californie; je m'engage à faire tout ce qui dépendra de moi, à l'effet de ramener sain et sauf Louis dans sa famille.*

Qu'en penses-tu, Ferdinand ? Tu connais Charles ; il est tout cœur, il est capable de dévouement et d'action, aussi cela me tranquillise un peu, me console beaucoup ; et néanmoins, Louis n'y étant plus, il m'eût été si doux de jouir de la présence de ce vertueux jeune-homme ! Réflexion faite, je l'aime mieux auprès de ton fils. Quant à Mlle Clotilde, elle sera tantôt ici, tantôt chez cette sœur de sa mère, qui l'a élevée en qualité d'orpheline, tantôt chez toi, mon frère, car nous aurons le plaisir d'aller te voir en compagnie de Béatrix. Agée, comme ta fille, de plus de 15 ans, Mlle Clotilde a terminé son éducation, elle est libre, et Béatrix qui fait des progrès étonnants, aura fini dans quelques mois. Donc rien ne s'oppose à ce que nous soyons souvent ensemble.

Mais Louis n'y sera plus. O mon Dieu, qu'elle croix avez-vous réservée à mes cheveux blancs!

Mon frère, il est écrit que, partant pour un voyage lointain, le jeune Tobie eut le bonheur de rencontrer sur ses pas l'ange Raphaël. L'ange Raphaël le conduisit, le préserva de la gueule du dragon, et le ramena sain et sauf à ses parents désolés d'une trop longue absence. Eh bien! le père était vieux aussi, et pourtant ce voyage lui porta bonheur, puisqu'il recouvra la vue. Charles n'est pas un ange, mais c'est aussi un envoyé du ciel.

Tu diras que je me fais de belles idées, que je cherche à te donner des consolations. Hélas! j'en ai besoin moi-même. Mais, dans les grandes afflictions, il faut que l'homme se montre grand, qu'il ait recours à la Religion, refuge des malheureux, et qu'il s'immole en holocauste à la sainte volonté du Seigneur. Sais-tu bien si, quand tu auras consenti au sacrifice, Dieu ne se déclarera pas satisfait de la foi d'Abraham ? Il a sauvé ta fille, il peut bien nous conserver ton fils : « *Qui timetis Dominum, sperate in illum : et in oblectationem veniet vobis misericordia.* »

ECCLES. II, 9.

Adieu, mon cher frère, tâche de consoler ma belle-sœur, en lui donnant l'exemple de la résignation. Bénis Louis que rien ne doit te faire cesser d'aimer ; que la mère le bénisse aussi, car la bénédiction des parents sur les enfants s'étend de génération en génération. Enfin croyez-moi tous les deux

Le meilleur des frères.

PROSPER.

LE PÈRE DE LOUIS A SON FRÈRE.

-∞-

LETTRE XVme.

Avignon, 5 Mai.

MON CHER FRÈRE,

J'avais déjà appris, en versant un torrent de larmes, la funeste détermination de Louis, et le bienheureux et sublime dévouement de son ami Charles : c'est mon fils lui-même qui m'en a tenu au courant.

Il venait de jeter à la poste sa fatale missive. Entrant dans le salon où il n'y avait que sa mère et moi, il s'approche de nous, pâle comme la mort; il nous tend la main, nous caresse amoureusement, et nous dit: *Devinerez-vous ce que je viens d'annoncer à mon oncle? Mais, répondit sa maman, c'est sans doute que tu demeureras auprès de nous.*

—Et toi, papa? —Quoi! est-ce que ta mère se serait trompée?.... Il se taît et il pleure.

Les domestiques, entendant nos gémissements et nos cris, accourent et s'empressent. Quand ils savênt le sujet de nos larmes, ils se jettent instinctivement aux pieds de Louis, et le supplient de vouloir bien nous donner quelques consolations. Louis les relève avec bonté, les exhorte à redoubler de zèle envers nous dans la circonstance, et sort en promettant de revenir.

Quand le premier mouvement de la douleur fut passé, il rentra effectivement: *Mes chers parents*, nous dit-il, *je viens vous demander une grâce, une grâce que vous ne me refuserez pas. —Pourquoi?— Parce que vous aimez votre enfant*. Ce mot nous désarme: *Parle, mon fils*, m'écriai-je, *Je m'engage à t'accorder ce que tu me demanderas. — Et toi, ma Mère? — Moi aussi, mon fils, mon cher fils Louis.*

— Eh bien! il s'agit de me donner votre bénédiction, afin que je l'emporte comme un gage d'espérance, comme une preuve sensible de votre amour. —Mais, Louis, pourquoi songes-tu

à nous abandonner ? — Parce que c'est nécessaire , mon père. Contentez-vous, je vous prie, de cette explication ; car la terre avec ses abîmes ne m'arracherait point mon secret. Nos pleurs et nos sanglots recommencent, et Louis de nous consoler avec un tact, une tendresse et une éloquence sans bornes.

Soit ! mets-toi à genoux en présence de Dieu. Et alors sa mère et moi, étendant nos mains sur lui , nous prononçons ces solennelles paroles: *Mon fils , je te bénis au nom du Père , et du Fils , et du St-Esprit. Amen. — Cette bénédiction est-elle irrévocable ? — Oui , tu es béni maintenant , et toujours , et dans tous les siècles des siècles. Seulement je te préviens que , parmi les biens que nous appelons sur ta tête , nous ne comprenons pas les richesses de la Californie , à moins que ce ne soit pour les répandre dans le sein des pauvres.*

— J'y souscris. Et vous-mêmes, il est entendu , n'est-ce pas , que vous consentez à mon voyage , car je serais au désespoir , en pensant que j'ai foulé aux pieds la volonté d'un père et d'une mère ? Prosper , je ne m'attendais pas à cette question, ou plutôt j'avais cherché

à lui faire sentir combien peu elle m'était agréable. Jamais le bruit du tonnerre n'a retenti aussi terriblement dans mon cœur : *Louis*, m'écriai-je, *tu abuses de nous.* — *Non, non, mon père. Au nom du ciel et des mânes de nos aïeux, dont les images sont ici présentes ; au nom de la vertu héréditaire de ma famille ; au nom de Béatrix et de l'amour que vous me portez, répondez que vous le voulez.* — *Oui.* — *Et toi, Maman ?* — *Oui.* — *Eh bien ! par les cheveux blancs de mon père, et par les entrailles de ma mère, je jure de ne jamais faire rougir votre front.*

Alors nous nous sommes embrassés, et notre tressaillement a vibré dans toutes les fibres de nos cœurs.

Donc mon sacrifice est consommé. Je me trompe, mon frère, il me reste à mourir. Quoi ! mon fils éloigné de nous de toute la distance des antipodes ! Il est vrai que là bas aussi il y a Dieu et Notre-Dame-de-Lorette. Tu me cites l'exemple du jeune Tobie : mais Tobie ne partit que par l'effet de l'expresse volonté de son père : il est vrai que j'ai donné mon consentement ; tu cites aussi Abraham : mais mon fils, courant après les richesses, est-il comparable à Isaac ? Il est vrai encore qu'il a promis de les consacrer au soulagement des membres mystiques de Jésus-Christ. Réflexion faite, je suis content d'avoir consenti : car il lui eût été inutile d'avoir la bénédiction de son père et de sa mère, si ce cher enfant se fût attiré, par sa désobéissance, la malédiction du Dieu trois fois saint. Christ, mon sauveur : « *Vita tua, via nostra : et per sanctam patientiam ambulamus ad te, qui es corona nostra.* »

DE IMIT. LIB. III.

Louis m'a donc fait part de la lettre qu'il vous a écrite, et de la réponse de M. Charles : *Aujourd'hui Charles est trop ému*, m'a-t-il dit, *mais cet inappréciable ami me rendra justice, quand nous serons à bord du navire. Quel bonheur cependant d'avoir un tel compagnon de voyage !*

Quant à toi, mon cher frère, fais ce que je ferais moi-même, jette-toi à ses pieds, et remercie-le de ma part de l'héroïsme de sa charité.

Maintenant je m'en vais passer le reste de mes jours à pleurer : *Louis, mon cher fils, mon cher fils Louis! Moi qui pensais que tu me fermerais les paupières, mon cher fils Louis, Louis mon cher fils!* (1) Nous le recommandons à tes prières. Adieu, cher Prosper.

FERDINAND.

---

(1) Sauf le nom, c'est littéralement la complainte du saint roi David.

Mlle BÉATRIX A LOUIS, SON FRÈRE.

-∞-

LETTRE XVIme.

Marseille, 8 Mai.

MON CHER FRÈRE,

Il y a un siècle que je désire de t'écrire; mais j'en ai été empêchée tantôt par la maladie, tantôt par le chagrin. Aujourd'hui les choses ont changé de face, et ce devoir, si doux et si cher à mon cœur, enfin je le remplis.

Comme je suis heureuse de penser que tu as demandé la permission à papa et à maman d'aller en Californie, que tu l'as obtenue! Non que cette séparation me réjouisse — Dieu sait combien l'idée m'en fait souffrir — mais parce que je sais que tu n'offenses plus le bon Dieu, en désobéissant à nos parents. Que tu as bien fait de te mettre à genoux pour recevoir leur bénédiction ! Vois-tu, Louis, je t'aime bien, il est fort loin ce pays ; néanmoins je ne te cache pas que je te préfère là bas sans manquement de ta part, qu'ici, tout près de moi, en contristant ce que nous avons de plus cher au monde.

Ce qui me console bien aussi, c'est ce joli portrait que tu m'as envoyé. Tiens ! quoique M. de F** ait bien voulu se charger de tout, il faut que je te remercie une seconde fois. Allons ! un petit baiser sur le front.

Vrai ! ton portrait, Louis, je crois que Mlle Clotilde en raffolle : *Mon Dieu !* m'a-t-elle dit, *je ne me lasse pas de le regarder. La belle tête ! Quelle finesse dans les traits ; quelle expression dans le regard ! Cet air si jeune, si charmant et si pur* — toujours c'est elle qui parle — *a quelque chose de vénérable*. Je suis de son avis. Donc, au moyen de ce précieux talisman, tu seras loin et tu seras près, aux antipodes et sous mes yeux : quelle merveille !

Dis-moi, Louis, est-ce que tu as le projet d'aller faire fortune ? Je crois que les pauvres n'en pleureront pas ; mais souviens-toi que notre congrégation a besoin, entr'autres choses, d'un plus bel autel de la Vierge.

Je vais bien depuis que nous avons lu la lettre de papa. A la vérité, ce bon vieillard pleure sans cesse. Il a raison, car nous faisons une grande perte ; mais le bon Dieu y mettra la main. De mon côté, je veux bien le prier. On dit que tu n'es pas digne de M. Charles : moi, je dis que vous êtes faits l'un pour l'autre. Aussi ce départ me cause d'autant plus d'affliction, qu'il me privera du plaisir de vous voir tous les deux.

Adieu, mon bon et tendre frère.

BÉATRIX.

Mlle CLOTILDE, soeur de Charles, a Mme FERDINAND.

LETTRE XVIIme.

Marseille, 9 Mai.

Madame,

Permettez-vous à une jeune personne qui a l'honneur de vous connaître par votre libéralité, de venir un instant s'entretenir avec vous. C'est l'amie de Mlle Béatrix qui sollicite une audience de votre part. Pourquoi? parce que vous êtes bonne, profondément affligée, parce que je sens que le cœur qui souffre, a besoin de consolation. Quel bonheur si une faible créature pouvait vous rendre un devoir si doux!

Hélas ! à mon âge, madame, j'ai bu déjà à la coupe du malheur. Ma vie coûta la mort à ma mère ; de sorte que je n'ai point été bercée sur ses genoux, elle n'a pas souri à mes prémices, mes petites mains ne l'ont pas caressée, je n'ai jamais surpris de baisers sur ses lèvres. Puis, à 5 ans, je perdis mon père, excellent homme, qui ne respirait plus que pour ses enfants. En effet, je me souviens qu'il me prenait souvent entre ses bras, et qu'il m'arrosait de ses larmes. Il m'aimait d'autant plus, que j'ai, dit-on, des traits de ressemblance frappants avec celle qui s'envola dans le Ciel. Une tante me recueillit, à qui maman m'a recommandée en mourant. Elle m'a élevée avec Charles dans l'amour de la religion, elle a pris de l'un et de l'autre toutes sortes de soins. Mon tuteur l'avait investie d'une confiance sans bornes : elle géra elle-même nos biens avec une habileté et une sollicitude profondes. Aujourd'hui elle me garde souvenir, mais elle m'a remis entre les mains de mon frère, qui a plus de 21 ans.

Eh bien ! vous le savez, ce frère me

laisse pour aller dans une plage lointaine. Au lieu de m'en plaindre, je me réjouis, puisque Charles n'a d'autre pensée que de se rendre utile à votre généreuse famille, au frère même de Mlle Béatrix. Mais vous voyez bien, madame, qu'ici-bas tout le monde porte sa croix. Le Ciel est notre récompense. Avant d'être glorifiées, faut-il bien passer par le creuset des douleurs. Voici à ce sujet, des vers que j'apprenais à la pension. Permettez-moi de les citer, dans la douceur de mes souvenirs :

« Je soupire, j'attends l'immortelle couronne.
La foi me la promet, la souffrance la donne :
Qu'elle soit le prix de mes pleurs !
Ce n'est qu'en combattant qu'on achète la gloire ;
Les superbes lauriers qu'accorde la victoire,
Sont rougis du sang des vainqueurs. »

Cependant lorsque mon frère sera parti, vous deviendrez pour moi, n'est-ce pas, une autre Providence? Vous me conseillerez, vous me corrigerez, vous me dirigerez. Moi, de vous obéir, de marcher avec soin dans les sentiers de la vertu, en m'inspirant de l'exemple de votre fille chérie. Bref! je vous dédommagerai de vos peines par une bonne conduite, par une correspondance parfaite à ce qu'il vous plaira d'ordonner. Je suis comme une fleur desséchée dans son calice : je vous prie d'avoir la bonté de la vivifier. Oui, les ardeurs de la canicule, le fougueux aquilon ont tout dévasté ; mais il sort aussi de votre poitrine de mère je ne sais quel zéphir qui rafraîchit et purifie l'atmosphère.

Je n'ai pas demandé comment M. le marquis de F*** s'en est pris pour vous exprimer ma reconnaissance ; mais, de quelque terme qu'il se soit servi, le mot a été forcément inférieur à la vérité : votre cadeau est si précieux, votre bienveillance, si grande !

Au sujet de M. Louis, madame, ne vous inquiétez pas trop, je vous prie. Il est béni maintenant ; vous verrez que son voyage sera heureux, que le fils sera rendu à la mère, et le frère, à la sœur. N'avons-nous pas un moyen tout-puissant, la prière ? seulement ayons confiance.

Je ne suis qu'une enfant, ignorante surtout dans l'art de deviner ; mais j'ai suivi cette correspondance. Il me paraît impossible qu'une âme aussi noble sacrifie aux richesses. Fi ! d'un bien immonde, enfoui dans les entrailles de la terre que nous foulons aux pieds ! Aussi comme il y a vîte renoncé en faveur des pauvres ! Je crois donc comme mon frère qu'il existe un mystère profond. Rappelez-vous toutes ces solennelles paroles : « *Attendez, et vous saurez, et vous admirerez ; la terre avec ses abîmes ne m'arracherait point mon secret ; je jure, par les cheveux blancs de mon père et par les entrailles de ma mère, de ne jamais faire rougir votre front.* » Il sait bien que vous rougiriez de la cupidité, à plus forte raison que vous ne l'admireriez jamais ; il sait, si tout se bornait là, que ce ne serait un secret pour personne.

Maintenant vous avez fait tout ce qui dépendait de vous. C'est au Seigneur à faire le reste. Tous ceux qui vont en Californie, ne meurent pas, madame, surtout quand ils ont peut-être des desseins providentiels à remplir. Quand le vieux Jacob s'imaginait que son fils n'était plus, il était loin de penser que le Tout-Puissant eût dirigé la route de Joseph en Egypte, afin que celui-ci devînt la gloire de la maison d'Israël. C'est au nom du Ciel et de ses aïeux, au nom de ses parents, de Béatrix et de lui-même que M. Louis a demandé à partir pour la Californie. Il a donc, dans la pensée, quelque chose de grand. Dès lors il n'est point surprenant qu'il ait donné sa *parole sainte, irrévocable et qu'il est prêt à sceller de son sang*. Le sang répandu pour la gloire est une semence d'immortalité. Quant à sa piété filiale, elle est admirable et sublime.

Mais moi qui me mêle de donner des consolations et des forces, que suis-je, qu'un roseau battu par le vent! Pauvre fille, je n'ai d'autre mérite, que celui d'une bonne volonté. Hélas! je pleure en ce moment, en pensant que nous allons être privées, vous, madame, d'un fils privilégié; et moi, d'un frère tendre et fort estimable.

Cependant je dois remplir la tâche que monsieur Prosper a bien voulu me confier. Quand il a su que je vous écrivais: *Mademoiselle*, m'a-t-il dit, *je désire vive-*

ment de voir mon neveu, avant son départ. J'ai besoin de lui faire mes adieux, de lui adresser mes suprêmes conseils. C'est pourquoi, comme il ne vous a rien refusé, à vous, priez madame Ferdinand, en votre nom, de l'engager à venir au plus tôt ; car je retire ma parole de ne plus l'embrasser, jusqu'à ce qu'il ait renoncé à sa détermination.

Agréez les sentiments avec lesquels j'ai l'honneur d'être,

Madame,

Votre, etc.

CLOTILDE.

Mme FERDINAND A Mlle CLOTILDE.

-oo-

LETTRE XVIIIme.

Avignon, 11 Mai.

Mademoiselle,

Quelque accoutumée que je sois aux accords de la lyre, je croyais rêver, en entendant cette voix douce comme le miel; bienfaisante comme la rosée; grave, pure et mélancolique comme la douleur qui s'exhale sous les ailes de l'espérance. Alors de retenir mon haleine, et, à mesure que j'écoutais, j'ai reconnu la colombe, j'ai entendu tinter le timbre qui reproduisait les accents plaintifs et mélodieux de l'ange-gardien de ma fille. Non, depuis l'épître de ma chère Béatrix, rien de pareil n'a charmé mon oreille, et cet hymne si tendre, si noble, si élevé semblait descendre des bienheureuses régions d'un monde nouveau.

Merci donc, mademoiselle, merci. J'accepte vos pronostics et toutes les images riantes sous lesquelles vous m'avez fait entrevoir mon malheur. J'accepte l'heureux portrait que vous avez fait de mon fils. En effet, il faut bien convenir que vos raisons sont solides, et que ce qui se passe procède de je ne sais quoi de mystérieux, de profond qui changera peut-être nos cyprès en lauriers. Sinon, comment concilier tant de bonté, de douceur, de respect, d'obéissance et d'amour avec cette affreuse ténacité qui nous épouvante et nous tue. Qu'il en soit donc ainsi, ô mon Dieu!

« Aux faiblesses d'autrui loin d'être inexorable,
Toujours d'un voile favorable
Tu t'efforces de les couvrir.
Quel triomphe manque à ta gloire ?
L'amour fait tout vaincre, tout croire,
Tout espérer et tout souffrir. »

Rac.

Le tableau de vos propres infortunes,

mademoiselle, revet, sous votre pinceau, une teinte poétique. Il a fait couler mes larmes. Je rougis même en pensant que celle qui devrait vous donner des consolations, reçoit les vôtres, mélodie suave, parfaite, dont on sent que l'âme a besoin. Mais que voulez-vous? Nous aimons tant notre fils! Une histoire en appelle une autre.

Fruit tardif d'une union contractée un peu tard, nouvel Isaac, cet enfant ne fut obtenu qu'à force de prières. A 20 ans, son père s'enrôla, en qualité de volontaire, dans les cadres de l'armée républicaine. Il a traversé toutes les guerres du Consulat et de l'Empire ; il devint officier de la Légion-d'honneur, il fut fait général. Puis, comme il est brave et français avant tout, la Restauration lui conserva son grade ; elle l'apprécia et le nomma commandeur. Enfin M. Ferdinand ne quitta la carrière des armes, que quand la paix fut assurée à l'Europe. Au retour de ses expéditions, son propre père vivait encore : « *Mon fils*, lui dit-il à son lit de mort, *ton frère n'a point d'enfant : je meurs avec le regret de ne pas laisser de postérité après lui.* » Mme Prosper est morte depuis trois ans.

Cependant M. Ferdinand qui avait compris la portée de ces paroles solennelles, songea sérieusement à se marier. Il se souvint qu'un de ses amis, à qui il avait sauvé la vie dans un combat, en exposant la sienne, alors que cet ami, le baron d'E**, était son colonel, avait une jeune fille, dont le cœur battait d'admiration pour la gloire. Il vint la demander pendant qu'elle s'occupait de musique et de poésie, et celle-ci unit sa destinée à celle d'un illustre libérateur.

Quatorze ans se passèrent sans nuage parmi nous, mais aussi sans avoir obtenu de postérité. Ce sujet était l'objet continuel de nos vœux et de nos entretiens. Mon mari avait toujours présente à l'esprit la parole de son père : *Euphrosine*, me disait-il, *Dieu seul est grand ! sa sainte volonté soit faite ! Mais il me tarde de transmettre, avec le sang qui coule dans mes veines, ce nom que j'ai reçu à titre héréditaire. Universel besoin de l'immortalité ! Il me semble que tous mes ancêtres me regardent comme la tige qui doit rajeunir leur arbre généalogique.* De mon côté, je désirais donc de lui donner une douce satisfaction. Un jour où nous devions communier tous les deux à la suite d'une retraite, nous convînmes que chacun devers soi ferait cette prière : « *Mon sauveur, si vous m'accordez un fils, je jure de l'élever dans l'amour de votre culte et de votre sainte Mère.* » Un an après, il nous naquit celui que nous appelons Louis.

« J'ai rappelé dans ma mémoire
Des bontés du Seigneur l'inaltérable cours :
Mon cœur méditera sa gloire,
Et ma bouche aux mortels l'annoncera toujours. »

L. DE POMP.

Aujourd'hui ce fils a reçu des principes auxquels, Dieu merci, il est demeuré fidèle. Mais quand il sera séparé de nous de toute la distance des antipodes, pourrons-nous veiller sur lui, et le préserver des piéges de l'esprit tentateur ? A 22 ans, les passions sont si vives, l'attrait des plaisirs est si séduisant ! Entouré d'êtres qui ne rêvent qu'à la fortune, qui sait où ils le conduiront ! A la vérité, il aura son ange gardien, et de plus, cet admirable jeune homme qui est votre frère.

Ah ! je souffre infiniment , Mademoiselle, en pensant que vous serez aussi, surtout à cause de nous, séparée de M. Charles. Mais notre reconnaissance n'a pas de bornes, et, pour ma part, je m'efforcerai de vous le prouver. Oui, je ferai tout ce qui vous sera agréable. Béatrix en aura plus d'émulation, et vous vivrez vous-même dans le vide qui va se faire autour de moi. Bref! vous serez ma fille, mais je ne pense pas que vous ayez besoin de correction.

M. Louis doit répondre demain à sa sœur. Or il a promis de s'expliquer sur la demande que vous avez eu la bonté de former avec son oncle. Il vous remercie tous les deux infiniment, il est animé des meilleures dispositions.

Quant à M. Ferdinand, il se trouve plus rassuré : *Euphrosine*, me disait-il aujourd'hui, *pendant plus de 20 ans, j'ai entendu les balles siffler à mes oreilles ; j'ai affronté le boulet, le canon et la mitraille : mon corps est couvert de cicatrices, et cependant je ne suis pas mort. Donc notre fils vivra, si le Tout-Puissant le protége.* Il a ajouté : *Je crois, à mon tour, qu'une âme glorieuse ne peut poursuivre qu'un glorieux dessein. C'est M. Charles et sa sœur qui ont dit cela. Et bien ! la vertu pure et candide est souvent inspirée ; souvent elle s'initie avec plus de facilité aux mystères divins.*

Néanmoins, pour vous comme pour moi, quelle croix, Mademoiselle ! mettons-la au pied du Golgotha. De plus, j'unis la mienne à celle de la Vierge Marie, quand elle perdit son fils bien-aimé. Elle pleurait aussi : de telles larmes sont si légitimes ! Cependant je vous félicite de votre résignation, et je m'écrie : « *Père saint, éloignez de moi ce calice ; mais, si c'est votre volonté que je le boive, qu'elle se fasse et non pas la mienne !* » Le père de l'Oratoire que vous avez cité a fait aussi ces vers :

« Que de nos cœurs soumis nulle plainte n'échappe !
Mortels, si nous sentons la verge qui nous frappe,
Baisons la main qui la conduit. »

M. Ferdinand me charge de vous présenter ses hommages. Il sera pour vous un autre père, et je serai moi-même, Mademoiselle, une mère tendre et dévouée.

Je vous embrasse avec effusion.

EUPHROSINE.

LOUIS A SA SOEUR.

LETTRE XIXme.

Avignon, 12 Mai.

Ta lettre, ma chère Béatrix, m'a causé une joie ineffable. C'est bien le style de cette aimable sœur qui me porte tant d'intérêt. Aussi je t'aime tendrement, et quoique ce soit un peu tard peut-être, je te félicite encore une fois d'être sortie de cette horrible crise qui avait jeté la consternation dans nos âmes. Hélas! j'en suis la cause innocente: mais faut-il bien ici-bas suivre sa vocation.

Bientôt, ma sœur, je serai éloigné de toi. Ton souvenir est gravé dans mon cœur en caractères ineffaçables. Néanmoins je voudrais avoir ton portrait.

Quand j'irai à Marseille, je le ferai faire au Daguerréotype.

Voici la commission expresse dont je te prie de te charger.

D'abord je remercie infiniment mon oncle et mademoiselle Clotilde pour la bienveillance qu'ils daignent me témoigner. Puis, tu leur diras que mon projet était déjà arrêté de me rendre le 16 auprès de vous. En effet, je dois des égards à papa et à maman ; je fais mes préparatifs de voyage, et l'on me confectionne des habillements. Le 23, je viendrai prendre congé de mes parents. Sans doute il me tarde de recevoir les conseils et la bénédiction d'un oncle expérimenté et chéri. Je n'ai pas l'honneur de connaître mademoiselle Clotilde, mais, à en juger par l'idée que je m'en suis formée, oh ! . . . . il n'y a pas de terme pour rendre ma pensée.

Quant à M. Charles, je n'ai pas osé lui écrire. Comme je suis heureux de penser qu'il m'accompagnera dans mon voyage ! Je le presse vivement entre mes bras et sur mon cœur, et cependant prie Mlle Clotilde de lui faire agréer tous mes sentiments.

J'aime bien ton idée de faire aller les gens en Californie, pour obtenir un autel à la Vierge. C'est un moyen comme un autre de sanctifier les richesses. Je prends acte de ta parole.

Hélas ! ma sœur, je suis triste, parce que je ne vois personne de content : on est résigné, voilà tout. Moi, je ne pars qu'avec le regret profond de me séparer de vous.

Un baiser sur le front. Au revoir, chère enfant.

Ton frère, Louis.

L'ONCLE A SON FRÈRE.

LETTRE XXme.

Victoire, Ferdinand, victoire ! *Louis ne partira point pour la Californie.* Ecoute plutôt les prodiges de la miséricorde divine.

Hier ton fils est arrivé ici, selon la promesse qu'il nous avait faite, en écrivant à Béatrix. Il était alors 11 heures. Nous étions tous réunis dans le salon, à l'exception de Mlle Clotilde.

A peine fut-il entré, qu'il sauta à mon cou, m'embrassa avec effusion, en fit autant à l'égard de sa sœur et de M. Charles. Il adressa à chacun de nous, en particulier, de brûlantes paroles. Nous répondîmes, en pleurant, à ses caresses. Déjà il avait demandé des nouvelles de Mlle

Clotilde. Celle-ci était allée à la messe, accompagnée seulement de la bonne de ta fille, car Béatrix s'était sentie un peu indisposée dans la matinée.

Après qu'en présence de tout le monde, je lui eus donné mes conseils relatifs à son voyage de la Californie : *Mon fils*, lui dis-je, *prosterne-toi, car je veux te bénir à l'instar de ton père et de ta mère.*

La cérémonie achevée, il se relève, m'embrasse de nouveau, et me dit : *Mon cher oncle, je vous remercie, et je promets de mettre à profit les leçons de l'expérience et de l'amitié.*

En ce moment, on annonce Mlle Clotilde. Elle venait de communier ; et sa toilette simple, modeste, mais riche et élégante relevait encore, s'il se peut, l'éclat de sa beauté. Elle était parée de ses joyaux et de ceux que lui a donnés ma belle-sœur dans sa reconnaissance. Elle avait la démarche grave, un air de bonté incomparable, portait noblement la tête ; son regard était céleste ; bref ! elle semblait illuminée des rayons de la Divinité.

Nous l'avions vue passer sous les fenêtres

du jardin, pendant qu'elle venait. Enfin la porte s'ouvre, et Mademoiselle rentre. Chacun de se lever. Louis paraît en proie à un saisissement spontané, à je ne sais quelle contemplation qui l'absorbe complètement. Je présente mon neveu, et celui-ci s'avance, comme en tremblant, pour rendre ses devoirs.

Monsieur, lui dit Clotilde, de cet admirable son de voix qui lui est si familier, *grâce à votre portrait et à votre air de famille, j'ai reconnu sur-le-champ le frère de Mlle Béatrix.*

Louis balbutie, il se trouble, il ne peut supporter l'éclat de tant de majesté. Il finit par s'excuser.

Monsieur, ajouta Clotilde, *si je vous demandais une grâce, la refuseriez-vous à celle qui fait plus que vous estimer?*

Louis n'y tient plus. Il se croit sous l'empire d'une hallucination. Puis, il a la force de répondre : *Qu'ai-je entendu, mademoiselle? je vous en supplie, ayez la bonté, l'extrême bonté de prononcer le dernier mot.*

— *Quand je parle, monsieur, j'ai l'habitude de ne pas me répéter :* puis elle ajoute en rougissant : *Vous devez me comprendre.*

Soudain Louis tombe à genoux, comme affaissé du poids de son bonheur : *Au nom de Dieu, mademoiselle, laissez-moi jouir de ma félicité. De quoi s'agit-il ? parlez.*

— *Eh bien ! ce serait de ne pas priver de son frère, soutien de sa faiblesse, une pauvre orpheline ; et, comme celui-ci s'est attaché à vos pas d'une manière douce et inséparable, de ne point aller vous-même en Californie.*

Personne ne s'attendait à cette demande; Louis surtout ne s'y attendait point. La lettre de Mlle Clotilde qu'il avait lue, les autres lettres, les évènements qui s'étaient accomplis, tout enfin rejetait bien loin delà sa pensée. Si tu l'avais vu en ce moment, il t'aurait fait pitié. Un grand combat se livre : c'est le tourbillon d'une révolution qui s'agite dans son sein. Il est d'une pâleur extrême : il ouvre un œil hagard, puis un œil d'indicible mélancolie ; à la fin il tombe, il gémit, il soupire et il pleure. .

. . . .

. . . .

Il se relève et, d'une voix solennelle et

parfaitement articulée, il s'écrie : « *L'amour d'un père et de sa gloire est impuissant devant un tel amour. JE N'IRAI POINT EN CALIFORNIE. Mademoiselle, divine personne, oui, vous avez vaincu.* » Nous n'avons rien compris à ses premières paroles ; nous ne songeons pas à l'interroger. Un jeune homme, quand il est si ému, est sujet aux distractions ; il vous dit des excentricités sur les choses qui le préoccupent. (1). Cependant le rouge de l'humilité monte au visage de la belle Clotilde. Telle la Vierge Marie se troubla, quand un ange la proclama *pleine de grâce* : *Monsieur,* répond Clotilde, *cette divine personne, c'est sans doute la personne du Christ que je viens de recevoir ; peut-être aussi est-ce sa sainte Mère, que j'ai priée avec tant de ferveur ; ou bien, c'est mon illustre patronne, qui désarma le cœur du Sicambre.*

A l'intant M. Charles, Béatrix et moi, nous nous jetons, en pleurant, au cou de Louis, nous le félicitons ; nous embras-

(1) Oui, mais il y a ici l'influence de la Grâce, dont cette sainte fille n'était que l'instrument, ou plutôt l'image vivante.

sons aussi et nous félicitons Mlle Clotilde. Celle-ci se dérobe à nos éloges; Charles est au comble de la joie. Soudain il entre dans mon cabinet, prend une plume et écrit.

« Monsieur,

J'ai reçu ce matin la lettre, par laquelle vous m'annoncez que la *Baleine* a accompli sa cargaison, et qu'on a refusé deux places pour vos amis. Alors vous me demandez si, par hasard, le jeune homme dont je vous ai parlé dans le temps, n'a pas renoncé depuis à sa détermination. Eh bien! Non seulement il a renoncé, mais moi encore qui devais partir avec lui. Ce soir, si vous voulez, rendons-nous à l'hôtel d'Orient, à 8 heures, pour régler cette affaire: le jeune homme y sera.

Recevez, etc. »

L'affaire a été réglée, en effet, à la plus grande satisfaction des parties. Mon cher Ferdinand, te voilà content, je pense. Après-demain nous irons te voir en famille, de sorte que M. Charles remplira, de son côté, la promesse qu'il t'a faite au commencement. Prépare pour ce jour-là, ou plutôt pour le lendemain, une messe d'actions de grâces.

Je te félicite dès aujourd'hui avec ma belle-sœur. Au revoir.

Ton frère, Prosper.

Marseille, 17 Mai.

M. le CURÉ de Cette, a Louis.

(*Très-pressée.*)

LETTRE XXIme.

Cette, 19 Mai.

Monsieur,

Je regrette vivement que des raisons majeures m'aient empêché de vous faire tenir plus tôt la déclaration ci-jointe ; mais il s'est trouvé, dans le *for intérieur*, des considérations qui m'ont obligé d'en référer à l'évêque. Cela a entraîné des retards indépendants de ma volonté. Au moins suis-je heureux que cette pièce vous parviendra avant le 25, jour du départ de la *Baleine* pour la Californie. Je vous prie de m'en accuser réception.

Recevez, Monsieur, l'assurance de ma considération la plus distinguée.

N**, prêtre,

Curé et Chanoine honoraire.

DÉCLARATION

D'AUGUSTE, AVANT DE MOURIR.

Je soussigné, blessé mortellement, et me trouvant sur le point de paraître devant Dieu, déclare, pour la décharge de ma conscience, que j'ai fait à M. Louis une horrible calomnie. Il est faux qu'il soit parti pour la Californie un jeune homme, dont je lui ai supposé le nom, la profession et la demeure dans cette presqu'île ; il est faux, par conséquent, que ce jeune homme ait attenté, ni directement, ni indirectement à l'honneur si intègre et si généralement reconnu de monsieur Ferdinand, père de Louis. C'était afin que ma fourberie ne fût point découverte, ou qu'on ne mît point d'obstacle à mon projet, qu'avant de révéler mon prétendu secret, j'exigeai de M. Louis sa parole d'honneur que jamais, du moins en France, il n'en parlerait préalablement à personne.

Voici quel était mon but, en en imposant ainsi à la justice et à la vérité. C'était d'obliger M. Louis, dont je connais la piété filiale et toute la susceptibilité, à s'embarquer pour l'Amérique , attendu qu'aucune autre considération peut-être n'aurait pu le toucher ; c'était, parce que je le sens infiniment généreux, de trouver un prétexte quelconque de vivre à ses dépens, en dissipant la somme considérable qu'il aurait apportée, et même sa fortune, si son père octogénaire était mort dans l'intervalle.

Cependant, à notre arrivée dans la Californie, j'aurais fait valoir des moyens de défense. Mon plan était déjà trouvé de me tirer d'affaire, de sortir de la fausse position que je m'étais créée. Du reste, j'ignore quel genre de réparation se proposait M. Louis, qui est fort brave assurément, mais qui, par principe comme par religion , a en horreur le duel.

Maintenant je l'adjure de me pardonier, et je demande pardon à Dieu qui va me juger. La Providence a permis mon malheur, sans doute afin que M. Louis qui a retenu sa place sur la *Baleine*, ainsi que moi, pour le 25 du mois prochain, ne partît point, et qu'il sauvât ainsi la vie à un père vénérable que le chagrin aurait fait mourir.

Cette, 22 Avril.

J'approuve l'écriture et le contenu de la présente parfaitement vraie dans tous ses termes. M. Louis est autorisé à faire de ma rétractation l'usage qui lui paraîtra utile.

AUGUSTE.

LOUIS A HECTOR.

-∞-

LETTRE XXIIme.

Avignon, 26 Mai.

Vive Dieu, mon ami ! A l'heure qu'il est, tu me crois embarqué à bord de la *Baleine*, voguant, à pleines voiles, sur la vaste étendue des mers. Pauvre Louis ! te dis-tu intérieurement ; maintenant qu'il ne voit plus que ciel et eaux, livré à ses réflexions, il se répent peut-être, pendant que son vieux père se livre au désespoir, et fait retentir les échos du nom de son cher fils. Le voilà donc parti !

. . . « *Quid non mortalia pectora cogis Auri sacra fames !* » (1)

(1) Virg. Æn.

Ne sont-ce pas là les pensées qui agitent ton esprit? Eh bien! tu te trompes. Je me trouve toujours auprès de mes parents, qui s'abandonnent aux transports de l'allégresse. Le bon papa Ferdinand a rajeuni de 20 ans, et moi, j'ai aussi un poids bien lourd de moins sur la poitrine. De plus, je suis fiancé. — Bah! — Oui, mon cher Hector, et le 15 août prochain, grand jour de l'Assomption, sera témoin, si Dieu le veut, de mon bienheureux mariage avec mademoiselle Clotilde, sœur de M. Charles (1); et du mariage de M. Char-

(1) Donc il nous revient que l'émotion si vive *qui fait dire des excentricités*, était au moins le prélude exagéré de cet amour instinctivement senti : « *Vous quitterez, pour votre femme, votre père, votre mère*, etc. » Selon nous, il y avait plus, savoir : l'action mystérieuse de la puissance de la Croix, soufflant l'esprit de sacrifice à l'endroit de la calomnie et de la réparation dont Dieu ne manque pas de se charger. En effet, Il a atteint le coupable, alors qu'on ne songeait qu'à poursuivre une ombre ; Il l'a frappé de mort, alors qu'on aiguisait le glaive de je ne sais quelle justice humaine dans les limites de son attribution. Enfin vous vouliez une rétractation : la voilà revêtue du sceau du Monarque de l'Univers, prompte comme la foudre, lugubre comme la tombe, consolante ou terrible comme l'é-

CHARLES AU PÈRE DE LOUIS.

LETTRE XXIIIme.

Montpellier, 26 Juin.

MONSIEUR,

Il n'y a point ici-bas de joie sans tristesse. Celle que nous avons éprouvée était trop grande, pour qu'elle ne fût pas suivie d'une extrême affliction. Aussi je me rappelle les vers que mon père avait coutume de nous citer :

« *Tempore sic omni, miscetur læta voluptas*
Fletibus, ac duras volvit amara vices. » (1).

(1) Sans doute il les avait reçus de M. Antoine Mistral, de St-Remy, son condisciple et notre propre frère, d'heureuse mémoire. En 1823, celui-ci était élève de Rhétorique, à Aix, chez les Jésuites, lorsque, dans une pièce de vers latins, il semble avoir voulu traduire en distique ce verset de l'Écriture : « *Risus dolore miscebitur : et extrema gaudii luctus occupat.* »

Hélas ! Monsieur, la bonne tante dont j'ai eu l'honneur de vous parler si souvent, celle qui avait tenu lieu de mère à ma sœur et à moi, est morte ce matin, à dix heures, par suite de je ne sais quelle affreuse maladie, qui ne se déclara qu'hier après le diner.

Elle a eu le temps de recevoir les secours de la religion sainte, qu'elle a pratiquée toute sa vie avec tant de ferveur.

Je n'ai pas la force de vous donner plus de détails. Les funérailles se feront demain au soir à 4 heures : j'invite M. Louis à y assister.

Mlle Clotilde me charge de vous présenter ses hommages, ainsi qu'à madame Ferdinand. Veuillez agréer les miens et tous les sentiments avec lesquels

J'ai l'honneur d'être,

Monsieur, etc.

Votre, etc.

CHARLES.

LOUIS A SES PARENTS.

-∞-

LETTRE XXIVme.

Montpellier, 5 Juillet.

MES CHERS PARENTS,

Que pensez-vous de moi ? Voilà plus de 8 jours que je suis ici, sans vous avoir donné de mes nouvelles. Hélas ! je n'ai songé qu'à consoler le pauvre Charles, à le distraire de sa douleur qui est si grande. Mlle Clotilde, de son côté, ne fait que pleurer. N'était leur résignation à la sainte volonté de Dieu, je crois qu'ils ne pourraient ni l'un ni l'autre prendre le dessus de cette perte irréparable. La bonne tante les aimait tant !

Voici comment elle est morte. A l'heure du déjeûner, elle avait accompagné le

Viatique chez une de ses amies, qui va bien actuellement. Avant de partir, elle s'était contentée d'avaler un biscuit ; de sorte qu'elle était, pour ainsi dire, à jeun à 6 heures du soir. Comme elle était très-fidèle à ses heures de réfection, à son retour, elle voulut attendre le diner qui, pour cette raison, se trouva plus copieux. On servit un plat de son goût, mais de difficile digestion. Dans une autre circonstance, il ne lui serait rien arrivé, mais, vu l'état de faiblesse et d'atonie, la nourriture la surprit, et celle-ci se sentit mal en se couchant. Elle ne se plaignit pas, mais, quelques heures après, force lui fut de faire appeler son médecin. Voyant que son état empirait, elle demanda elle-même à recevoir les sacrements. Elle a quitté cette vallée de larmes, non-seulement avec résignation, mais avec cette joie sainte qui n'est que l'apanage des âmes d'élite. Elle était âgée de quarante ans : *Mon Dieu*, s'écria-t-elle, *je vous remercie d'avoir abrégé les jours de mon pélérinage. Puisse ma mort que j'unis à celle de mon Sauveur, attirer vos grâces sur mon neveu et sur ma nièce !*

Elle avait demandé à les bénir de ses mains défaillantes.

Charles m'a dit qu'à table, elle s'était montrée d'une gaîté réjouissante : *Tu vois,* lui disait-elle, *que la fable n'est pas si incroyable ? tu te moquais d'Hercule : et qu'a fait ton américain ? Il a joué le dur, l'inflexible jusqu'au moment où il est tombé à genoux à la voix d'une jeune fille. Il est vrai qu'il manquait la quenouille ; et toi, Clotilde, sais-tu qu'il faut avoir le cœur bien tendre, pour dire :* JE VOUS AIME *à quelqu'un qu'on ne connait presque que par son portrait ? Et Mlle Béatrix est-elle amusante avec sa candeur : « Il est là, toujours là dans mon cœur. » Allons ! mon cher Charles, avoue que tu n'as été aussi zélé envers le frère, que pour mieux faire la cour à la sœur. Vous vous êtes tous mis, vois-tu, la cervelle à l'envers.* Un moment après, elle ajouta : *Clotilde il est donc beau ce jeune-homme qui t'a fait une telle impression ? Pas de retard, unissez vous à une famille bénie. M. Ferdinand était l'ami de votre grand-père, comme Abraham était le frère de Bathuel.*

Vous comprenez, mes parents, qu'une femme de ce mérite et de ce caractère doit être vivement regrettée. Aussi ses funérailles ont-elles été magnifiques. Les pauvres comme les riches et toutes les familles les plus distinguées se sont fait un devoir d'y assister. Les pauvres surtout la pleuraient. Au cimetière, au moment suprême de la séparation, j'ai senti trembler le bras de M. Charles, ses genoux ont fléchi, j'ai craint pour lui un évanouissement. Quant à Mlle Clotilde, elle était restée chez elle, répandant des larmes amères, et confiée aux soins de ses meilleures amies.

La lettre de maman lui a fait beaucoup de bien. Néanmoins, comme elle est trop affligée pour lui répondre, elle m'a chargé moi-même de la remercier vivement. En vérité, ma mère, je crois que tu es poète! Mon oncle et ma sœur ont envoyé aussi leur compliment de condoléances. Hier, nous avons entendu une messe de *requiem*, et le soir le notaire est venu faire la lecture d'un testament olographe, déposé dans ses minutes.

La défunte laisse plus d'un million de fortune. En qualité de fille cadette, elle avait hérité de sa maison de 300,000 fr. ; mais, étant belle et vertueuse, elle avait, à 18 ans, acquis les suffrages d'un jeune gentilhomme, qui l'aimait véritablement. Le mariage avait été conclu, l'acte des fiançailles, dressé, et l'on avait remis à 4 mois la célébration de la noce.

En ce moment, éclata la guerre de la Grèce revendiquant sa liberté contre l'oppression de la Porte-Ottomane. Le jeune homme, dont le cœur battait d'admiration pour la patrie des Hellènes, crut que l'occasion était belle d'ajouter un fleuron à la couronne de ses aïeux, afin de venir la déposer aux pieds de sa fiancée. On lui lisait les belles pages du célèbre Lord Byron, ce chantre délicieux de la *Vierge d'Abydos ;* et surtout son ode sublime sur *la dégradation des monuments* vénérables de la Grèce. Il était électrisé, et goûtait un égal plaisir à se faire répéter quelques strophes choisies sur *les malheurs de l'Hellénie et le combat de Navarin*, nobles inspirations de M. le marquis de Valori, dont l'amitié m'est précieuse. Tous gémissaient sur cette haine religieuse qui n'a cessé de subsister depuis tant de siècles entre les adorateurs de l'Évangile et les sectateurs du Coran.

Page de Charles X, il partit donc en qualité d'officier, fit des prodiges de valeur devant Navarin, et périt, frappé d'une balle, au moment où il enlevait une enseigne à l'ennemi. L'amiral de Rigny pleura sa mort. Par une faveur singulière, il lui érigea un mausolée à l'endroit même de son exploit. En effet Missolonghi venait d'être vengé. En qualité d'auxiliaire, la flotte française avait repris le drapeau de Thémistocle et de Périclès ; elle avait brisé l'étendard du Croissant, arboré la croix, pendant que le poète, au souvenir de son ami et de la longue oppression d'un peuple de héros, criait à l'amiral :

« *Prends ton glaive, je tiens la lyre de Rousseau.* »

Mais le Français est magnanime, la Religion fait vibrer son cœur :

« Que nos lys du Synode embrassent les portiques !
L'apôtre qui pleura répond à nos cantiques,

Des enfants malheureux inspirent le pardon ;
Je vois au Vatican, pour un peuple en ruine,
Constantin qui s'incline,
Et montre un labarum sur les tours de Modon. » (1).

Avant de se mettre en campagne, le gentilhomme avait disposé de sa fortune en faveur de celle dont il avait obtenu la main.

La malheureuse fut tellement accablée de ce coup inespéré que, plusieurs années après, elle prit le parti d'aller s'ensevelir au couvent des Carmélites, afin de pleurer toute sa vie, la mort de son fiancé. Mais, à cette époque, succomba elle-même la maman de Charles et de Clotilde. La sœur fit à la sœur une solennelle recommandation ; et celle-ci, reconnaissant la voix du ciel dans celle d'une mourante, se soumit à demeurer dans le monde.

Depuis la majorité de Charles, elle avait fait son testament, songeant à accomplir son ancien projet. Dieu s'est contenté de son sacrifice, il l'a appelée au séjour de la gloire et de l'immortalité.

Voici donc ses dispositions dernières :

(1) Mis de V. œuv. poët.

elle institue Charles son légataire universel, à la charge par lui de compter à Clotilde 300,000 fr., le jour de l'émancipation de celle-ci.

L'excédant d'un million étant le fruit de ses économies, elle l'affecte à des œuvres de religion.

Néanmoins, avant de mourir, elle a désigné pour ma sœur un superbe écrin en diamant; et pour moi une belle montre à Lépine et à répétition, ayant appartenu au preux chevalier qui emporta son amour dans la tombe; car qui sait tous les nobles cœurs qui, briguant l'honneur de son alliance, avaient depuis soupiré pour elle inutilement!

Il a été convenu entre M. Charles et moi que notre mariage sera ajourné jusqu'à l'expiration du deuil, c'est-à-dire à la Noël, 3me jour de la nativité du Christ.

Je retournerai auprès de vous jeudi. Au revoir, mes chers parents.

LOUIS.

M. Horace Viard a M. Ferdinand.

QUITTANCE.

Je soussigné, déclare avoir reçu, en billets de banque, de monsieur Ferdinand d'Avignon, la somme de *six mille* francs. C'est le prix intégral d'un tableau que je lui ai expédié le 1 du courant, et qui représente Notre-Dame-de-la-Garde couvrant sa fille de sa protection.

Paris, 15 Août.

Horace Viard.

A M. LE MINISTRE DE LA MARINE.

DÉPÊCHE TÉLÉGRAPHIQUE.

Marseille, 30 Novembre.

MONSIEUR LE MINISTRE,

J'ai l'honneur de porter à votre connaissance que la *Baleine*, partie d'ici le 25 mai dernier, et faisant voile pour la Californie, a essuyé dans les parages du grand Océan Pacifique, près des îles Sandwich, une horrible tempête. Le sinistre a eu lieu le 29 août. Tous les gens de l'équipage ont péri avec le capitaine; la marchandise a été submergée, et tous nos efforts, au moment où nous passions, n'ont abouti qu'à recueillir quelques débris épars du navire.

Le Capitaine de la *Chimère*,
V**.

Vu par nous, Préfet des Bouches-du-Rhône,

DE Z**.

Pour copie le Directeur du Télégraphe,
Q**.

M. le Marquis de F** a M. Édouard de X**.

LETTRE XXVme.

Marseille, 28 Décembre 1851.

Monsieur et bien cher ami,

J'ai promis de vous écrire la fête d'hier. Il ne m'en coûte pas, il m'est agréable de tenir parole.

Le mariage civil eut lieu en présence du préfet et de plusieurs autres notabilités : c'était dans les appartements de M. Prosper, pendant qu'un orchestre superbe exécutait des airs sous ses fenêtres. Ensuite les musiciens furent introduits ; ils prononcèrent un discours par l'organe de leur chef, et prirent part à une collation préparée à cette fin.

Le lendemain, à 10 heures, nous nous

rendîmes à la chapelle de la congrégation des filles. Le cortége était magnifique, les voitures se succédant sans interruption. Mais, pour qui connaît leur histoire, il n'y avait rien de plus beau que le spectacle de ces jeunes-gens, allant à l'autel se jurer une fidélité réciproque.

La toilette des deux demoiselles était la même, et, puisque Mme Ferdinand a eu la bonté de montrer à ces dames celle de Mlle Béatrix, il n'est pas nécessaire d'aborder ce chapitre. Seulement je vous dirai que, quelque riche et belle qu'elles l'aient trouvée, cette parure m'a semblé marquée au coin de la simplicité. Le blanc allait parfaitement à ces figures blondes, innocentes, célestes ; les diadèmes étaient fort bien, et vous savez encore que les écrins sont de toute beauté. Du reste, il y avait là tant de modestie, de candeur, que les jeunes filles ne se doutaient pas de l'effet qu'elles produisaient. On eût dit des créatures humaines ayant déserté un instant le séjour des cieux ; les jeunes-gens, de leur côté, avaient un air pur, noble, vénérable.

Nous arrivâmes à la chapelle. Elle était supérieurement décorée. On avait fait venir le curé de Cette pour bénir cette double union. L'enceinte était remplie de spectateurs. Dans l'allocution qui fut adressée, je remarquai surtout la phrase suivante : « *Quand la fille de Pharaon sauva Moïse des eaux, hélas ! elle demeura étrangère aux bénédictions de cette œuvre divine ; mais ici la vertu s'est attiré de nouvelles grâces, elle s'est inspirée des desseins de la Providence. Aussi qu'est-il arrivé ? C'est que les fruits qu'elle a recueillis s'étendront de génération en génération au profit des uns et des autres.* »

Après la cérémonie, nous nous approchâmes de l'autel pour le visiter : c'est l'ouvrage récent de M. Crest, de Lyon. Il est d'un beau marbre blanc, représente des figures en relief, contient des lettres symboliques, une inscription sur le tabernacle, il est ciselé et sculpté finement. La Métropole l'a trouvé si bien, qu'elle en a commandé le pareil. Eh bien ! dans un espace réservé, nous avons lu, gravé en lettres d'or : « *Donné par M. le comte Louis de R**, frère de Mlle Béatrix.* »

Au côté droit de l'autel, s'élève une statue de la Vierge, à dimension proportionnelle : c'est la même matière, la même habileté de travail, la même perfection. L'expression en est remarquable. On lit : « *Donnée par M. le baron Charles de T**, frère de Mlle Clotilde.* »

Au côté gauche, une statue symétrique, celle de Ste Clotilde, désarmant le cœur du Sicambre. Il y a : « *Donnée par M. le comte Prosper de R**, oncle, Conseiller d'État et officier de la Légion-d'honneur.* »

Enfin derrière l'autel, en face, nous avons contemplé un tableau, chef-d'œuvre de M. Horace Viard, et reçu de Paris depuis peu de jours seulement : c'est la noce de Cana. On lit : « *Donné par M. le marquis Ferdinand de R**, père, ancien Général, commandeur. C'est en reconnaissance de ce que Dieu a changé en joie sa tristesse, comme il changea jadis l'eau en vin.* » Nous avons vu encore de fort jolis ornements, ouvrage de Mlles Clotilde et Béatrix.

De la chapelle, le cortége est revenu à l'hôtel de M. le comte, où nous attendait un brillant banquet. Les visages étaient rayonnants d'allégresse ; les toast nombreux et animés. M. le vicomte Hector de K**, venu de Cette, récita des strophes de sa composition, dont voici le refrain :

Louis, quand tu rêvais à la plage lointaine,
Nonobstant les hasards d'une mer en courroux,
Tu ne savais donc pas qu'ici-bas, dans la plaine,
Ces deux anges priaient pour nous ?

Les vers ont chatouillé le cœur de la femme-poète, qui, séance tenante, n'a eu besoin que de quelques instants de réflexion pour faire elle-même le quatrain suivant :

Aussi chacun éprouve une douce surprise,
Qui dessille les yeux :
Car, lorsque l'aquilon est chassé par la brise,
C'est bien un prodige des cieux.

Je connais peu, ô mon cher Édouard de X**, l'orthographe provençale ; sinon, je vous citerais encore quelques fort jolis vers du poète-Troubadour Théophile. (1).

(*) Dans un roman où tout est fiction, pour ainsi dire, il convient de donner des rôles factices, malgré le penchant qui vous attire vers un excellent ami. En général, nous nous associons à ce mouvement intellectuel qu'on a su ressusciter dans nos contrées méridionales.

Il s'est trouvé invité à la noce par MM. Louis et Charles, ses amis. Chacun a rendu hommage à sa muse spirituelle, originale, et empreinte du cachet de cette littérature qui brilla surtout au siècle du Dante et de Pétrarque.

Je sais que vous avez de l'attachement pour sa personne ; je l'estime aussi beaucoup : eh bien ! puisque nous voilà sur son chapitre, si nous laissions un moment le reste.

La poésie des Troubadours déclina ensuite, et l'Académie du *Gai-Savoir* fondée à Toulouse, tenta inutilement de la relever. M. Théophile en viendra-t-il à bout ? Verra-t il de nouveau s'épanouir la première fleur de la Renaissance ? (1).

Assurément il ne le prétend pas, car sa langue d'*oc* aurait à combattre, non plus la langue d'*oil*, c'est-à-dire contre les Trouvères, mais la véritable langue des Francs, qui devient universelle. Il fait donc, n'est-ce pas, des investigations dans le passé, à l'effet de découvrir les beautés qui y sont éparses, et qu'il rajeunit de son talent.

(1) A partir de cette phrase inaugurée par l'établissement des *Communes*, fort avant le XVe siècle.

C'est une étude d'antiquaire, ou bien c'est l'attique qui ne dédaigne pas de se souvenir de l'éolien, de l'ionien et du dorien dont s'est formé son dialecte; de même que le nôtre dérive en partie de celui des Gallo-Romains qui vinrent habiter, au XIIe siècle, le midi de la Loire.

Mon style est hérissé de grec, de latin et de gaulois : tel est l'idiome provençal, qui n'a de sel et de sens qu'autant qu'il est revêtu de son enveloppe native, pareil à un ancien monument qui perd de son prix, dès qu'on le badigeonne. Honneur au poète-troubadour, dont les devanciers furent les rois des festins de la chevalerie, que dis-je ? de la royauté elle-même dans toute l'Europe ! Il nous a ravis, ma parole ! mais nous avons ri aux anges, quand un de ses camarades, plaisant au possible, s'est avisé de persuader aux plus jeunes filles qui toutes avaient une frayeur mortelle, que la muse que l'on allait entendre n'était autre que la fée Mélusine (1), sous la

(1) Célèbre patronne de la maison de Lusignan, un certain nombre de grandes familles ayant chacune leur fée particulière.

figure d'un grand et gracieux *jeune-homme*.

Donc, aux premiers mots du mystérieux jargon, ces demoiselles ont eu recours au signe de croix, comme si elles voyaient le diable. Elles se sont sauvées par la peur de l'enchantement. La plus grande d'entr'elles, honteuse de sa terreur panique, faisait semblant de reprocher la lâcheté de ses compagnes. Il a fallu que M. Théophile, avec tout l'appareil de la politesse, parlât français à la gent timide, pour la rassurer. À la fin elles sont retournées, toutes tremblantes à son appel. Bon ! le poète en personne entre dans mon cabinet. Il vous écrira les vers que sa muse provençale lui inspira au moment où la troupe des fuyardes fut réunie auprès de lui.

Evohe (1) ! mi-z-enfan, escouta me, filleto,
Au noum de Diéu !
Noun siéu lou diable, iéu,
Mai siéu de car e d'os, touca me la paleto
(On se touche dans la main.)

---

(1) Mot fameux qui, en grec, signifie courage.

Siéu Théophilo, là ! Mai prenè per satan
L'estèlo que souvè l'oustau de Lusignan ?
N'ani, crezè me, iéu ; car lou marchan de fado
Es un disur de talounado
Galoi, que rit, vezè, que farcetio tout l'an.
Evohe ! etc.

Diéu nous baio à cadun un prince de sa cour :
Intelligenço pure, essenço de lumiero,
L'ami la noumo fado, e iéu, l'ange d'amour
Que nous counduit dins la cariero
Depiei la proumiére aubo (1) enjusqu'au darnié jour.
Evohe ! etc. . . . .
. . . .

Hélas ! M. Théophile est venu me faire ses adieux. S'il n'avait pas craint de manquer les wagons, il m'aurait transcrit de plus sa pièce épithalamique. Il m'a prié de vous présenter ses hommages.

Eh bien ! qui le croirait ? Ces vers improvisés à la manière des anciens troubadours ; cette triple poignée de main, si franche et si cordiale ; la bonté, la dou-

---

(1) Les Théologiens prétendent que les anges-gardiens nous sont donnés, à partir du moment de la conception dans le sein de nos mères.

cœur, l'éducation, la grâce, tout les calma et les apprivoisa de telle sorte, qu'elles ne furent plus que cœur et oreilles pour entendre et sentir l'ode préparée par main de maître. C'est qu'au fond de toute poésie, il y a je ne sais quoi de tendre et de beau qui saisit l'âme dans es régions musicales de l'entendement. Sans comprendre les paroles, ces dames aussi étaient visiblement affectées d'un sentiment agréable. Du reste, l'ami si plaisant faisait l'office d'interprète. Or il faut que la langue Romane ait conservé au XIXe siècle, un attrait bien puissant, pour charmer ainsi un sexe à fine perception, et captiver des êtres versatiles, peureux et si hostiles en apparence. Tel est l'empire de l'harmonie sur le cœur de l'homme, que les payens avaient imaginé de faire arrêter le cours des fleuves, de rendre les montagnes attentives au son de la lyre d'Orphée :

« Cujus ad chordas modulante plectro
Restitit torrens, siluêre montes ; »

comme aussi de faire mouvoir les pierres aux accords d'Amphion :

« Dictus et Amphion Thebanæ conditor arcis
Saxa movere sono testudinis, et prece blandâ
Ducere quò vellet. »

Hor. V.

Toutes les jeunes personnes chantèrent avec accompagnement de musique; mais à la voix de Béatrix et de Clotilde chantant ensemble le cantique de la toute-puissante miséricorde de Dieu, je ne sais quoi d'électrique s'est communiqué dans les âmes, et l'on se croyait transporté dans les régions éthérées d'un monde divin. Après, comme le temps était beau, nous fîmes une promenade sur mer. Les nouveau-mariés se montraient aimables et empressés envers tout le monde. Quant au marquis et à la marquise, si vous les aviez vus, vous vous seriez réjoui, tant ils participaient au bonheur de leurs enfants! Papa Ferdinand avait 30 ans de moins. Aussi hier, dans la soirée, au lieu du *Nunc dimittis* du vieillard Siméon, il a mieux aimé imiter Pierre sur le Thabor, et, comme les vers étaient de mode, il s'écria :

« O temps, suspends ton vol, et vous, heures propices,
Suspendez votre cours !
Laissez-nous savourer les rapides délices
Des plus beaux de nos jours ! »

LAMART. med. XIII.

Dès le matin, il avait répandu des largesses considérables dans le sein des pauvres, ainsi que M. le Baron.

M. Prosper, par contrat de mariage, a assuré à son neveu toute sa fortune, et présentement il a donné un million 500 mille francs, les 500 mille francs étant pour Béatrix, qui touchera, au jour du décès du donateur, une autre somme basée sur les mêmes proportions. Joignez à cela la fortune si grande du père et de la mère, et vous comprendrez s'il était nécessaire d'aller en Californie, et de chercher si loin ce que l'on tenait sous la main.

M. le comte Prosper de R**, a exigé que je restasse chez lui jusqu'au dernier jour de l'an. Au revoir, mon cher Monsieur.

Mis DE F**.

FIN.

www.ingramcontent.com/pod-product-compliance
Ingram Content Group UK Ltd.
Pitfield, Milton Keynes, MK11 3LW, UK
UKHW020921180726
13838UKWH00002B/679

9 782329 465555